© 2014 Janaina Tokitaka

© **Direitos de publicação**
CORTEZ EDITORA
Rua Monte Alegre, 1074 – Perdizes
05014-001 – São Paulo – SP
Tel.: (11) 3864-0111 Fax: (11) 3864-4290
cortez@cortezeditora.com.br
www.cortezeditora.com.br

Direção
José Xavier Cortez

Editor
Amir Piedade

Preparação
Alessandra Biral
Isabel Ferrazoli

Revisão
Alessandra Biral
Gabriel Maretti
Rodrigo da Silva Lima

Projeto Gráfico
Vivian Lobenwein

Edição de Arte
Mauricio Rindeika Seolin

Dados Internacionais de Catalogação na Publicação (CIP)
(Câmara Brasileira do Livro, SP, Brasil)

Tokitaka, Janaina
  Escamas / Janaina Tokitaka; ilustrações da autora. –
1. ed. – São Paulo: Cortez, 2014.

  ISBN 978-85-249-2157-5

  1. Literatura infantojuvenil. I. Título.

13-12602   CDD-028.5

Índices para catálogo sistemático:

1. Literatura infantojuvenil   028.5

Impresso na Índia

ESCAMAS

Janaina Tokitaka
texto e ilustrações

1ª edição
2014

ESCAMAS

Janaina Tokitaka
texto e ilustrações

1ª edição
2014

Sumário

ELA 6

ENTRE O MAR E A MATA 12

A CAIXA 18

CARTA 1 24

CARTA 2 34

CARTA 3 46

CARTA 4 52

CARTA 5 60

ELA

Já me disseram que a primeira coisa que você esquece em uma pessoa é a voz. Estranhamente, esta é a única lembrança intacta que tenho de minha mãe: fecho os olhos e ouço claramente a mesma canção, entoada em alguma língua estranha e sonora que nunca fui capaz de identificar.

Murmurando aquela canção, ela me embalava, cozinhava, arrancava o mato do quintal, passava as roupas de meu pai. Quando a ouvia, eu me sentia segura, como se a melodia fosse um encanto infalível de proteção indicando que minha mãe estava por perto. Minhas outras memórias, porém, são como as peças de um quebra-cabeça que parecem encaixar-se perfeitamente em certa parte do desenho, mas na verdade pertencem a outra: não são confiáveis.

Minha mãe nos deixou no minuto que aprendi a me comunicar com clareza, a explicar que parte do corpo doía para o médico do posto de saúde, a dizer que a comida estava muito quente ou que aquele vestido pinicava, apertava. No dia que ela foi embora, vi o rosto de meu pai endurecer. As únicas palavras que saíram de sua boca para explicar o desaparecimento repentino da mulher que ele amava mais que a mim ou o seu barco foram apenas:

– O mar dá, o mar tira, minha filha!

Ao ouvir aquela frase repentina, corri até o píer à procura dela. Lembro-me da madeira úmida e quente debaixo de meus pés descalços e de quebrar uma unha tropeçando no vão entre uma tábua e outra. Naquele dia, passei horas a fio sentada no deque com os olhos apertados, fixos no mar, lacrimejando parte por causa do sol, parte por causa daquele aperto dolorido no peito. Anoiteceu, e não me movi dali: exausta, fechei os olhos pelo que pareceu apenas um segundo ou dois.

Não tenho certeza se estava dormindo ou não quando ouvi, sem sombra de dúvida, a canção de minha mãe, distante, abafada pelos ruídos do mar, mas inconfundível. Acordei no mesmo instante que me debruçava, até quase cair na água. Meu coração batia forte enquanto eu tentava ficar absolutamente quieta para ouvir de novo a minha canção de ninar. Ondas quebravam nos pilares que sustentavam o píer. O vento cantava a própria melodia, selvagem e para ninguém. Nunca mais ouvi a voz de minha mãe.

ENTRE O MAR E A MATA

"Antigamente" é a palavra preferida aqui na vila. "Antigamente" havia respeito, fartura, honestidade. "Antigamente" a vila produzia farinha, cachaça, banana. "Antigamente" havia mais peixes e as pessoas sabiam se comportar. É difícil ter dezoito anos em um povoado que olha você como se tudo o que deu errado no mundo é culpa sua e de sua geração, que chegou estragando a santa paz de "antigamente" com seus computadores, estradas e falta de educação.

Meu pai tinha sido o melhor pescador da vila. Antes de ser o melhor pescador da vila, havia sido o melhor seminarista também. Quando conheceu minha mãe, abandonou os estudos e abraçou a vida no mar com a mesma devoção com que pregava com o padre em sua igrejinha, levando sua medalha de São Pedro na canoa de voga escavada em um tronco só. O barco sempre retornava cheio, mesmo quando a estação estava ruim: tainha, camarão, robalo, espada. O povo falava por nossas costas. Dizia que minha mãe era uma bruxa, que o diabo tinha encarnado em

forma de mulher para tentar meu pai e que aquela pesca estava amaldiçoada.

Claro, em uma vila com menos de duzentas famílias, todo mundo falava da vida de todo mundo: seu Bernardo tinha outra esposa na cidade vizinha, o filho da Bernardina não prestava, seu José bebia até cair. E eu era apenas a filha da feiticeira e do ex-seminarista, só isso; quando a fome ameaçava, porém, ninguém deixava de comer os peixes amaldiçoados de meu pai. Reproduzindo o que dizem os mais velhos, "antigamente" o que meu pai havia feito não passava de um escândalo apenas entre as velhinhas da paróquia, algo comentado à boca pequena entre os outros pescadores e suas esposas.

Só que nossa situação piorou de verdade quando a igreja nova chegou e nos tornamos verdadeiras aberrações: o pessoal gritava aos quatro ventos para a comunidade que o pecado havia se instalado em nossa casa e que meu pai devia limpar sua alma no altar. Por causa disso, passamos tanto tempo isolados entre o mar e a mata.

Seminarista ou ex-seminarista, meu pai sempre amou e temeu a Deus. A acusação foi a gota-d'água para ele, que mal havia se recuperado do abandono de minha mãe. Papai, com seus quase dois metros de altura, encolheu, parou de falar e trancou-se em casa comendo pouco e dormindo menos ainda. Eu o ouvia rezando baixinho de madrugada, trêmulo, encolhido, derrotado. De vez em quando, pegava o barco e sumia por um tempão: quando isso acontecia, eu pedia que São Pedro o protegesse e ia cuidar da casa, do jardim, dos vira-latas que apareciam e nos deixavam quando lhes desse na telha.

Da última vez, entretanto, algo saiu errado. Eu não sabia o que pensar. Havia três dias que não enxergava nenhum sinal de seu barco no horizonte, e chovia grosso. O vendaval já havia levado o telhado de duas casas na beira da praia, e vó Dondinha, uma das únicas moradoras da vila que ainda falavam comigo apesar das pregações do pastor, havia anunciado que o tempo continuaria ruim até domingo – no mínimo mais cinco dias de agonia.

A CAIXA

Resolvi caminhar pela beira da praia para espantar os pensamentos ruins. Ainda chovia. As gotas, pesadas, escorriam de meu cabelo à testa. Arrastei os pés na beirada da água olhando o fim da faixa de areia: alguns cavalos magricelas pastavam, sossegados, alheios à tempestade que caía sem parar. Ultimamente, era assim que eu passava grande parte dos meus dias: perambulando por aí, pensando na vida. Tinha abandonado a escola havia algumas semanas. Os cochichos, os olhares e as risadinhas das outras meninas haviam ficado piores, mais cruéis, menos discretos. Secretamente eu queria que alguém me desse uma bronca e me mandasse imediatamente de volta à sala de aula; mais do que nunca, eu estava por minha conta.

Voltei para casa e sentei na rede da varanda com a roupa encharcada. Tremendo de frio, enrolada no tecido branco, deixei meus pensamentos vagarem pelos mesmos assuntos de sempre. Onde estaria ele? E ela? Meio sem pensar, eu levantei e fui entrando lentamente no quarto de meu pai, antes o quarto de

meus pais – às vezes esquecia esse plural. Meus pés molhados foram deixando pegadas no chão empoeirado daquele cômodo que parecia habitado por fantasmas. Sobre a cômoda de madeira jaziam, meticulosamente alinhados, uma escova de cabo de osso com alguns cabelos compridos presos nas cerdas envelhecidas, um vaso de vidro com flores secas e um bibelô azul no formato de um peixe – era como se minha mãe tivesse saído para um passeio rápido na praia. Mas o cheiro forte de umidade denunciava a ausência de qualquer habitante que não mariposas e traças escondidas atrás do guarda-roupa ou embaixo da cama.

Tentei abrir a gaveta da cômoda e ouvi um estrondo: o tampo da cômoda veio abaixo sem aviso, levantando uma nuvem de poeira e espalhando farpas de madeira pelo chão. Provavelmente, por ninguém ter forçado aquele trinco durante tanto tempo, as estruturas cederam de uma vez só, como se tivessem sido feitas de palha. Espirrei, suspirei e fui pegar a vassoura de capim para limpar aquela sujeira. Agachada, fui retirando os pedaços estraçalhados do móvel e colocando-os em um saco de lixo, um a um. Peguei, no fundo da cômoda, um bloco de madeira maior do que os outros: era uma caixinha entalhada em um padrão geométrico estranho, lembrando ondas do mar.

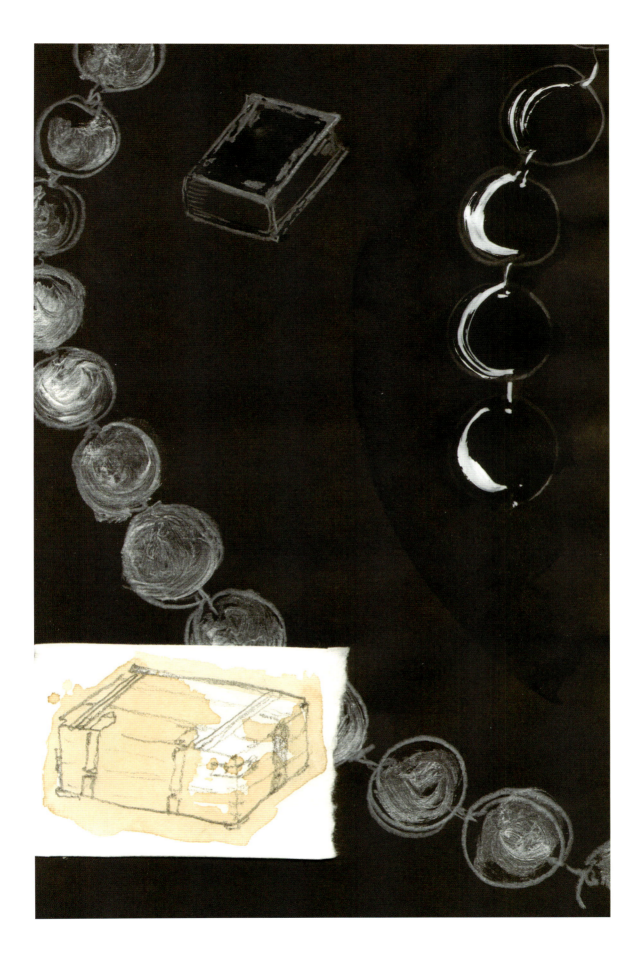

Levantei a tampa do objeto, intrigada. Dentro dele, encontrei um colar de pérolas, um livro antigo de contos de fadas e um volume embrulhado cuidadosamente em papel-pardo, amarrado com barbante grosso. Coloquei o colar no pescoço e corri para a cozinha à procura de algo para abrir o pacote.

Voltei com uma tesoura grande, daquelas de cortar frango, meio cega e já um pouco enferrujada, mas que fez o serviço direitinho. Cortei os fios emaranhados com um só clique, e o conteúdo do pacote se esparramou por meu colo como saquinho de balas de goma aberto com força: cinco cartas fechadas e papéis avulsos – alguns com tantos buracos de traças, que mais pareciam tecido rendado.

Sentada no chão, de pernas cruzadas, rasguei o primeiro envelope e li seu conteúdo, escrito com a letra miúda de minha mãe.

CARTA 1

Irmãs queridas,

Vocês, mais velhas, mais experientes, contaram-me histórias fascinantes sobre o mundo lá fora.

Serena, lembro-me, como se fosse hoje, de quando você descreveu certa noite passada em claro, junto à fogueira, com amigos, ouvindo música e conversando.

Delfina, você me contou como é delicioso rir até perder o fôlego, correr descalça pela areia com os cabelos soltos embaraçando-se com o vento salgado da beira da praia.

Lira, nunca me esqueci de quando você, meio envergonhada, me explicou sobre meninos e sobre passar a noite nos braços de alguém.

Desse modo, quando saí de casa pela primeira vez, aos dezoito anos, achava que sabia de tudo. É claro que eu não sabia de nada. Vocês tinham razão. Papai tinha razão.

No momento que me vi caminhando com meus próprios pés, saí tropeçando pela praia, sem rumo, até encontrar aquela casa estranha e sua torre alta e cinzenta. No topo, dois pedaços de madeira cruzados e um homem pregado neles pelos pés e pelas mãos vigiava quem passasse sob ele. A imagem me aterrorizou e dei alguns passos em direção oposta à construção. No momento que decidi me afastar dali, entretanto, ouvi uma voz grave, calma e macia, espalhando-se como calda doce pelos portões da casa. Em silêncio, resolvi entrar para ouvir o que aquele jovem vestido de preto havia começado a contar ao lado de outro, que parecia bem mais velho.

Aparentemente aquela parecia ser a história preferida de muitas pessoas. Sentadas lado a lado em longos bancos de madeira dispostos em fileiras, ouviam em silêncio solene, embaladas por uma melodia, como nós, quando ouvíamos nossa avó, antes de dormir, contar histórias sobre o herói que acabava morrendo, mas conseguia salvar seu povo. Nós temos uma canção parecida no nosso reino. Lembram-se, irmãs, de uma balada triste e comprida que eu costumava cantar no fim da tarde?

Assim que a história acabou, a pequena aglomeração foi saindo aos poucos de seus respectivos lugares, de grupo em grupo. Famílias, crianças pequenas e idosos conversavam sobre as mais variadas amenidades. A maioria parecia feliz. Percebi que me olhavam de canto e logo disfarçavam, voltando os olhos rapidamente a seus interlocutores, parecendo mudar de assunto. Eu permaneci no meu lugar, no último banco do canto esquerdo da sala.

A sala ficou vazia novamente, e o jovem de preto começou a guardar com cuidado, quase com reverência, os objetos que havia usado para contar a história. Como quem quer ganhar a afeição de um animal assustado, dirigiu-se a mim sem olhar diretamente nos meus olhos:

– Não me lembro de ter visto a moça aqui no vilarejo antes. Está de férias, a passeio?

Aquela voz franca inspirava uma resposta igualmente honesta:

– Estou, senhor. Amanhã mesmo volto para minha... cidade.

Ele se virou, de repente. Era alto e, de perto, vi que era muito jovem, talvez apenas três ou quatro anos mais velho do que eu. Propôs, sorrindo:

– Podemos passar este dia bonito juntos, então. Nasci e cresci aqui na ilha, conheço a região tão bem quanto esta igreja. Posso lhe mostrar a vila e a praia detrás do morro. E então? Quer?

Respondi, sem pensar, sem hesitar:

– Quero.

Vocês me culpam, irmãs? Eu não sabia o que estava fazendo.

Um beijo carinhoso de sua irmã caçula,

Ondina.

Minhas mãos tremiam segurando aquele pedaço de papel. Minha mãe tinha irmãs? Como seriam essas tias recém-descobertas? Morariam longe, em outro Estado, ou em uma cidade vizinha, perto da vila? Pareceriam comigo, teriam os mesmos dentes pequenos e tortos? Os mesmos cabelos cheios e encaracolados?

Ao pensar na possibilidade, em um gesto automático, passei a mão por meus próprios fios. Meus dedos ficaram presos nos emaranhados causados pela maresia e pela chuva. Percebi que tinha grãos de areia colados em meu corpo inteiro, debaixo das unhas, nas costas, na nuca. Decidi tomar um banho: depois de um mergulho no mar, era a segunda coisa que conseguia me acalmar e ordenar meus pensamentos. Água sempre fora um santo remédio para mim.

Entrei no chuveiro bem quente. A fumaça embaçou o espelho de moldura de plástico preso à parede, preenchendo completamente o banheiro. Deixei a água escorrer por minhas costas e fechei os olhos. Minha têmpora esquerda latejava, e senti meus pés gelados aquecendo-se devagarzinho no jato fumegante. Era quase desagradável, como sentir pequenos choques elétricos ou agulhas fininhas espetando minha pele. Uma pontada mais dolorida em meu dedo mindinho, entretanto, me fez abrir os olhos, alerta. Agachei no piso de ladrilhos para descobrir a origem da dor: teria pisado em uma concha na praia? Em um galho escondido na areia?

Observando meu dedo de perto, vi uma lâmina translúcida e de brilho furta-cor bem debaixo de minha unha.

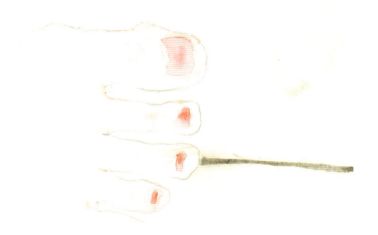

Puxei a ponta da partícula intrusa com cuidado até ela se soltar da minha pele por completo. Meu estômago se embrulhou: ela não saiu como um espinho ou uma farpa, mas como aquelas pequenas peles que encravam na lateral da unha. Parecia ser parte de mim e deixou uma pequena ferida aberta no local de onde a arranquei. Imediatamente saí do banho, ainda com restos de sabão pelo corpo, me enxuguei, coloquei minha camiseta velha de dormir e tentei esquecer o que havia acontecido.

Deitei em minha cama exausta, confusa. Quando finalmente consegui dormir, sonhei com animais monstruosos, sapos com chifres de osso, insetos com pele humana, aves com dentes afiados. Acordei com o nascer do sol e não fechei os olhos novamente.

CARTA 2

Quando cansei de girar de um lado para o outro na cama, levantei, tomei um copo de leite e saí para olhar o tempo no quintal. A mesma chuva pesada caía sem trégua, formando poças do tamanho de pequenos lagos e enlameando as tábuas da varanda. Lesmas enormes cobriam a parede branca e dois sapos coaxavam, conversando em algum ponto não muito distante.

Antes de abrir a segunda carta, assobiei chamando Corisco, o vira-lata cinzento que havia se hospedado no nosso quintal naquele verão. Dócil e simples, ele parecia grato pelos restos de comida e pelo abrigo, pois sempre abanava o rabo comprido e lambia minhas pernas, desajeitadamente, quando me via sair pela porta.

Estranhamente, o cachorro parecia ter desaparecido. Calcei os chinelos de borracha e dei a volta pela casa, assobiando e chamando-o pelo nome, com sua vasilha de comida nas mãos.

– Corisco! –, arrisquei, em tom mais alto. – Corisco, Corisquinho!

Na segunda tentativa, um vulto acinzentado e peludo surgiu por detrás da bananeira. Demorei a reconhecer a figura arredia como o cachorro simpático de sempre, mas era Corisco, sem dúvida alguma. Cheguei perto dele com a sua refeição, e ele arreganhou os dentes para mim, rosnando e latindo. Em seguida, enfiou o rabo entre as pernas e disparou na direção oposta. Dei de ombros e deixei o prato de comida no chão, no ponto que costumava deixar. Entrei em casa novamente para abrir o segundo envelope.

Vovó,

Lembro-me de todas as histórias que você contou para mim. Elas me ensinaram quem eu sou e de onde vim, por isso serei sempre grata, tanto a elas quanto a você. Assim, quando bati em sua porta para pedir um conselho, deveria ter pensando melhor e pedido uma história. Quem dá ouvidos a conselhos, afinal?

Vovó, meu aniversário foi o melhor dia da minha vida. Desde que descobri que as meninas da família deveriam esperar até completar dezoito anos para explorar o mundo fora de Além-Mar, criei expectativas infinitas em minha cabeça. Você sabe o quanto esperei pela data e como minha ansiedade me fazia temer por uma possível decepção – e se a realidade ficasse devendo ao que eu imaginara anos a fio?

Os relatos de suas netas mais velhas, ano após ano, iam revelando fragmentos de um mundo terrível e fantástico que eu mal conseguia esperar para conhecer. Quando saí das águas, percebi que a paisagem era realmente maravilhosa, como elas haviam contado. Os morros recortados contra o céu, a areia fofa da praia afundando sob os pés, o sol secando os cabelos: era como se eu nunca tivesse enxergado ou respirado de verdade. Mas não foi a paisagem que me surpreendeu, apesar da enorme diferença entre nosso horizonte e o deles: minha maior revelação foi aquele moço que me recebeu em sua cidade como se eu fosse uma princesa (o que, de fato, eu era... e talvez até ainda seja), mas como ele poderia saber?

Nesse dia, passeamos pelas ruas de pedra, e eu observei tudo com a atenção que meus olhos permitiam. Não conseguia parar de olhar aquele rosto. Ao contrário de nosso povo, que parece ser feito de tons pálidos e frios, ele parecia ser construído de outra matéria. Se eu tinha as cores de um peixe ou de uma concha, ele tinha a coloração de um búfalo, ou talvez de algum felino grande e lustroso, com seus cabelos escuros e a pele queimada de sol contrastando com os olhos amarelados, enterrados nas pálpebras escuras de quem dormia pouco e lia muito.

Ele parecia achar graça em minhas mãos geladas e em minha falta de jeito. Andamos calados, lado a lado, por quase uma hora. Todos os olhares da vila se voltaram para nós, mas ele parecia não se importar, então devolvi o olhar a todos, um a um, firme, mas amistoso. Eram tão diferentes entre si, vovó! Uma criança de cabelos enrolados e pele escura como uma pérola negra brincava com outra inteira cor-de-rosa, de cabelos quase tão brancos quanto os seus. Os anciãos daqui têm a pele enrugada e as costas encurvadas, parecem atraídos pela terra, que

logo os receberá. Não vão ficando transparentes até desaparecem na água como os nossos, feito ondas quebrando na praia.

Anos mais tarde perguntei a ele, brincando, se realmente não gostava de conversar. Deu-me uma risada e respondeu que, ao contrário, adorava tanto, que preferia guardar o recurso para os momentos realmente necessários. Discordei. Eu lhe disse que sabia melhor que ninguém que a voz era algo precioso e que palavras ditas sem pensar, em frases como: "me passe o pão, por favor" ou "como está o tempo lá fora?", eram tão importantes quanto orações ou discussões profundas.

– Palavras – eu disse, sorrindo – são para uso diário, como batatas, e não um tempero exótico guardado no fundo da despensa para um prato especial.

Ele concordou. Foram conversas como essa que me fizeram ter certeza, já no dia do meu aniversário, de que a casa dele um dia também seria minha e de que eu não retornaria tão cedo para Além-Mar. Eu também sabia o que isso significava, tanto quanto você, vovó: eu teria de me encontrar com "ela" e fazer meu sacrifício.

Um beijo de sua neta,

Ondina.

Depois de ler a assinatura de minha mãe, passei um bom tempo manuseando aquele pedaço de papel. Revirei a folha e a coloquei contra a luz, esperando encontrar, talvez, uma mensagem secreta ou alguma palavra que o tempo havia apagado. Não vi nada além de manchas amareladas e algumas impressões digitais engorduradas nas bordas da carta.

Minhas pernas formigavam como se eu não houvesse movido um músculo sequer durante a leitura. Então eu tinha, além de tias, uma bisavó, e minha mãe aparentemente era uma princesa de algum lugar chamado Além-Mar? Sinceramente, essas não eram as informações mais valiosas daquela carta. O que me fez ler e reler, até praticamente decorar aquela carta, foram as breves descrições de minha mãe e de meu pai jovens e felizes, passeando pela cidade, jogando conversa fora.

Olhei pela janela. Ainda chovia. Com o coração apertado e guardando comigo a imagem de meu pai que minha mãe havia feito, saí na chuva em direção ao píer, novamente à procura de qualquer sinal de seu barco no horizonte. Sentei na madeira molhada como havia feito anos atrás, com a mesma esperança e a mesma angústia dentro de mim, e observei o mar.

Não esperei muito tempo até começar a sentir a mesma pontada que havia me incomodado no chuveiro, agora mais difusa, irradiando dos dedos do pé até o calcanhar. Olhei para baixo e vi as estranhas lâminas finas e transparentes crescendo em meus pés, lentamente, como uma reação alérgica. Eu não conseguia respirar. Corri para casa e sentei no chão, tremendo. O que eram aqueles apêndices estranhos? Eu estava doente? Enfiei a cabeça entre os joelhos e iniciei uma respiração lenta, mas ritmada, sem pensar no que estava acontecendo. Alguns minutos depois, olhei para meus pés, agora secos, e não havia absolutamente nada de estranho em minha pele, nem uma pinta, nem um arranhão.

Talvez eu estivesse ficando louca. Era a única explicação possível. Talvez meu cérebro estivesse entrando em pane, sobrecarregado pelo excesso de informações e preocupações dos últimos dias. Decidi que era melhor não piorar a situação e deixar para ler as outras cartas no dia seguinte.

CARTA 3

Abri a terceira carta enquanto bebia uma xícara de café, tomando cuidado para não derrubar nem uma gota no envelope. Ela parecia diferente das duas anteriores, escrita em um papel mais fino e com menos enfeites. Havia uns desenhos na borda com tinta azul e umas flores prensadas dentro do envelope. O texto tinha sido batido à máquina com tinta preta em papel-branco, como um aviso oficial – o que claramente ela não era, ao se observar o destinatário.

Pai,

Tive meus motivos para fazer o que fiz. "Ela" era minha única saída se quisesse permanecer em terra firme. Vovó também me chamou de louca e me desaconselhou a procurá-la, mas o que está feito está feito.

Os termos do acordo foram estes: segundo a Feiticeira, eu terei uma filha. No momento que

ela ganhar a própria voz, terei de voltar para casa. Assim que isso acontecer, ela, em hipótese alguma, poderá ouvir minha voz novamente. Caso isso aconteça, a criança também pertencerá ao mar.

A Feiticeira pode ser odiada e temida por todos em Além-Mar, mas ela também é honesta. Não se preocupe comigo nem tente dissuadi-la, afinal, vocês dois dividem o mesmo objetivo: manter os filhos do mar no mar, a quem eles pertencem e onde devem permanecer.

Sei que ela já aceitou algumas barganhas e negociou acordos novamente com alguns de seus clientes, mas pensarei nos problemas do futuro, quando eles se apresentarem. No momento, estou feliz. Fique feliz por mim também, papai, é só o que peço.

Um beijo de sua filha,

Ondina.

Li essa carta em menos de dois minutos, estarrecida. Aquela história estava começando a soar familiar. Uma princesa saída do mar? Uma feiticeira? Estes não eram personagens de contos para crianças, histórias de ninar que as velhinhas da vila contavam para os netos? Então a donzela que seduzia o pescador para depois arrastá-lo para o mar era real? Pior, era minha mãe? E ela havia aceitado, de boa vontade, um acordo que a proibia de se comunicar comigo?

Será que havia hipnotizado meu pai, levando-o para seu castelo no fundo do mar, onde viveriam felizes e encantados longe de mim? Até onde eu sabia, essas criaturas monstruosas – sereias, mães-d'água – eram tão más e egoístas quanto sedutoras. Eu não duvidava de mais de nada.

Uma hipótese explodiu como uma bomba em minha cabeça. Precisava testá-la já. Fui até a beira da praia: o tempo estava começando a estiar e apenas uma chuva fina caía, esparsa, manchando a areia branca de pontinhos mais escuros. Uma ou outra faixa azul aparecia no céu, e o contorno da serra aparecia no horizonte, emergindo por detrás da névoa branca.

Esperei, em pé, encarando aquela imensidão de água. Uma onda gigantesca começou a se formar a alguns metros da orla. Demorou alguns segundos até ela se quebrar na beira da praia e a espuma explodir em meus joelhos, bagunçando a areia sob meus pés. Olhei para eles, atentamente, submersos em água salgada.

Desta vez, o processo foi quase imediato. Não havia dúvida: as partículas estranhas que contaminavam minha pele desde que comecei a ler a correspondência de minha mãe eram nada mais, nada menos do que escamas de peixe, que agora cobriam toda a extensão de meus pés e subiam até minhas pernas, refletindo a luz tênue do sol em tons de prata e azul- -esverdeado.

Era tudo culpa dela. Eu havia "ouvido" sua voz, mesmo que apenas na forma escrita, e agora o mar me queria para ele.

CARTA 4

A raiva que eu estava sentindo de minha mãe não se arrastou até o dia seguinte. Abri o quarto e penúltimo envelope. Eu precisava saber como aquela história terminava ou deixava de terminar, afinal, eu havia sido arrastada para seu núcleo, mesmo que involuntariamente.

O envelope estava completamente amassado, como se ela o tivesse torcido entre as mãos ou manuseado demais o papel. Rasguei sua parte superior com um pouco mais de força que o necessário.

Pedro,

Hoje é o último dia que passo com vocês.

Enquanto escrevo esta carta, lembro-me de outro dia especial. Aquela manhã em que finalmente tomei coragem para lhe contar de onde vim. Já estávamos juntos havia alguns anos, lembra? Isso foi quatro anos atrás? Cinco?

Estávamos sentados na beira da praia, em frente de casa. Eu observava uma maria-farinha cavar um buraco na areia, e você estava terminando sua canoa, debaixo de um pé de chapéu-de-sol. O cheiro de maresia e o silêncio me deram um aperto de saudade de casa... Mas, durante o tempo em que estivemos juntos, não me prendi a esse sentimento. O dia que eu mais temia na vida era justamente aquele em que veria minha família novamente. E eu precisava, antes que isso acontecesse, pelo menos falar sobre ela. Comecei lhe contando primeiro sobre minhas irmãs, depois sobre minha avó, e quando dei por mim estava aos prantos, despejando a história inteira de uma só vez.

Você fez uma cara engraçada e pareceu não acreditar muito no que eu estava falando. Eu disse que poderia provar. Você disse que não precisava: que tinha dedicado boa parte da vida a um mistério maior do que o que eu havia contado e bem mais extraordinário. Disse acreditar em mim, mas não aceitava o fato de que teríamos de nos separar. Disse ser um homem de fé e que daria um jeito. Eu acreditei, no fundo da minha alma, porque você sempre dava um jeito. Esse dia dói um pouco mais por causa disso, meu amor.

Lembro-me de perguntar se sentia falta de sua vida na igreja, da qual teve de abrir mão por mim. Você me respondeu que São Pedro havia sido pescador antes de ser papa e que você apenas invertera a ordem das vocações. Você já havia me contado a história de seu Cristo. Eu havia gostado de algumas partes, e outras simplesmente não faziam sentido para mim. Você nunca tentou me convencer de nada, ao contrário, parecia gostar das minhas dúvidas e questionamentos, e esse era apenas um dos assuntos que geravam nossas longas conversas, das quais já começo a sentir falta neste exato momento que escrevo esta carta.

Pedro, você tem de tomar conta da pequena Marina. Prometa amá-la e protegê-la, pois ela é o coração que bate fora de mim. Não consigo mais escrever sobre isso. Paro por aqui. Vou agradecer eternamente a vida que você me deu.

Um beijo,

Ondina.

Pousei a carta em meu colo e percebi que as marcas dos meus próprios dedos juntavam-se às que ela já havia deixado no papel. Segurei aquele pedacinho dela com tanta força, que minhas impressões mancharam a carta como hematomas. Naquelas poucas linhas, entendi que ela realmente me amava e que devia sentir nossas ausências, minha e de meu pai, todos os dias, em silêncio, na sua morada no fundo do mar.

Naquela noite entrei no mar até a cintura, sentindo a água morna banhar minhas pernas cobertas de escamas. Não olhei para elas nenhuma vez. Permaneci de olhos fechados, sentindo a proximidade e a urgência do desfecho que certamente viria na manhã seguinte. Rezei uma prece a São Pedro por nós três, que ele nos unisse onde quer que cada um estivesse.

CARTA 5

Acordei de madrugada, pouco antes das cinco da manhã, com o terrível som de trovoadas. Eu não era criança ou um gatinho assustado para temer os estrondos vindos do céu, mas sabia o que elas significavam: tempestade. O estio havia sido muito mais breve do que vó Dondinha anunciara, e eu quase chorei pensando que as chances de meu pai retornar estavam parecendo cada vez mais nulas.

Levantei e corri para a caixa de madeira que continha apenas mais uma carta. Sentei na cama novamente, sob a luz tênue da única lâmpada que iluminava o cômodo, e abri o último envelope. Engoli em seco ao ver que o nome no cabeçalho era o meu: a última carta de minha mãe era para mim.

Marina,

Não escrevi muitas cartas em minha vida. Sempre preferi falar rosto a rosto, já que muita coisa é perdida quando nos comunicamos por escrito. Uma pausa entre uma frase e outra, um sorriso, um piscar de olhos, como colocá-los no papel?

As poucas cartas que enviei e que sei que chegaram a seus destinatários estão com você agora. Eu as colocava em uma garrafa de vidro, como uma garotinha, e jogava-as ao mar, torcendo para que chegassem às mãos certas. Se na manhã seguinte a garrafa aparecia em minha varanda, em frente à porta, eu sabia que havia sido lida pela minha família no mar. Não precisei fazer isso com a carta que escrevi para seu pai, nem precisarei fazê-lo com esta que escrevo em seguida, para você. Nunca desejei tanto que nenhuma destas linhas fosse lida e que eu pudesse estar a seu lado agora, fazendo seu chá de hortelã ou dando bronca por você ter largado os brinquedos jogados pelo chão.

Se você está lendo esta carta, no entanto, deve tomar cuidado. Provavelmente a metamorfose já deve ter começado. Fique tranquila, não se aflija, pois ela não é permanente. As escamas desaparecerão à medida que você parar de descobrir sobre mim. Entenda, você não pode capturar nenhuma palavra dita

por mim, seja ela comunicada por meus lábios, seja por minhas mãos. A Feiticeira foi rígida e cruel ao criar esta regra, e ela é inquebrável, como geralmente são as leis do mar.

E há uma coisa que você precisa fazer: espere sete dias após ler esta carta para mergulhar de corpo inteiro nas águas do mar. Se fizer isso agora, pertencerá para sempre ao mar. A transformação será completa e imediata.

Filha, quero lhe dizer que...

A frase estava interrompida. O resto do texto estava ilegível, completamente devorado pelas traças. Tentei aproximar o papel de meus olhos para decifrar qualquer palavra que fosse, mas ele se desfez em pó com o movimento brusco de meus dedos, e uma chuva de partículas caiu sobre minhas mãos. Meus olhos encheram-se de lágrimas, que enxuguei com as mãos ainda sujas dos restos mortais daquela mensagem. Fiquei em pé no cômodo fantasma, o quarto que tinha sido de meus pais, e olhei pela janela. Tomei um susto tão grande que meu coração quase parou: eu estava vendo coisas ou aquela mancha marrom, quase engolida pelas ondas, era a canoa de meu pai, cambaleando no horizonte do mar? Corri até a praia sem tirar os olhos do objeto que, a distância, parecia um barquinho de brinquedo, frágil, minúsculo.

Era ela mesma: a canoa que meu pai havia escavado em um tronco só. Se sempre havia me parecido absolutamente maciça e segura, agora a embarcação não era mais do que um tronco podre à mercê do mar. Eu conseguia ver as linhas vermelhas que decoravam a borda do barco sumindo e aparecendo na superfície da água, aproximando-se lentamente da faixa de areia.

Quando vi o mar agitar-se e puxar a água da areia como quem recolhe uma rede de pescador, sabia o que iria acontecer a seguir. Vi a onda formando-se, sem pressa, a maior que já havia visto em minha vida, e acompanhei sua trajetória, paralisada, enquanto cobria o barco por completo, envolvendo-o em seu monstruoso tubo de água salgada. A imagem me fez sair do meu torpor e, sem hesitar, mergulhei na água à procura de meu pai.

Tinha consciência de estar nadando contra a correnteza, mas a facilidade com a qual me movia no mar era a mesma de uma criança deslocando-se em uma piscina inflável. O meio não oferecia a menor resistência, e em questão de segundos localizei meu pai. Batendo minha recém-adquirida cauda em movimentos ondulantes, alcancei seu corpo antes que tocasse o solo marinho. Ele parecia não ter peso, envolto pela água salgada.

Segurei-o em meus braços e nadei com toda a velocidade possível em direção à praia. Já havia percorrido metade da distância necessária quando vi uma figura aproximar-se de mim, ágil e esguia. Apesar de o vulto possuir uma cauda igual à minha, reconheci seu rosto no mesmo instante que o vi: era minha mãe.

A expressão naquele rosto que parecia ser esculpido em mármore era de pura dor e angústia. Ela estendeu seus dedos longos e finos em minha direção e, por um breve momento, tocou meus cabelos, que pareciam ter vida própria, balançando na correnteza. Aquele toque suave fez brotar um pensamento em mim, como um único ponto de luz iluminando uma sala escura. Fechei os olhos e fiz um apelo à Feiticeira do mar, desejando do fundo de meu coração que ela o ouvisse. Afinal, como minha própria mãe escreveu, a Feiticeira eventualmente fazia novos acordos. Abri os olhos novamente e continuei nadando em direção à praia, escoltada de perto por minha mãe e ainda carregando o corpo de meu pai.

Tudo aconteceu em questão de minutos: depositei meu pai o mais perto possível da areia e, assim que percebi que ele ainda respirava, voltei para as águas profundas. Quando minha mãe se aproximou da praia, vi, aliviada, que a Feiticeira havia ouvido meu pedido. Uma a uma, suas escamas começaram a desaparecer, transformadas em pele humana. Era justo. Eu tomaria, de bom grado, o lugar dela no mar: uma cauda por um par de pernas.

Confusa, minha mãe não sabia o que fazer. Eu conseguia sentir sua alma dividindo-se em duas: socorrer seu amor, inconsciente na areia, ou arremessar-se ao mar novamente atrás de sua filha? Facilitei a decisão e acenei para ela, sorrindo. Gritei com toda a força de meus pulmões:

– Diga a papai que eu o amo e que vou sentir saudade!

E sumi na imensidão do mar. Eu sabia que minha nova família me receberia de braços abertos e que, a partir daquele momento, teria minha própria história para escrever.